JN123616

歌集

ふらんすひひらぎ

笠井朱実

短歌研究社

ふらんすひひらぎ＊目次

i

ふらんすひひらぎ

装幀　花山周子

i

ハモニカ簞笥

若く逝きし祖母をおもへばふゆんと鳴くハモニカ簞笥夏の日の昏れ

衿もとはちぢれふりるの鶏頭のブラウスを着て写真の祖母は

けいとうの赤はむかしの赤なりて小さき活版所ありしその辻

卓袱台になるよ夕風立つ廊下そんなところでねむつてゐると

昼庭(ひのには)に昔語りはあかあかと唐辛子また韓藍(からあゐ)の花

あんず

部屋の鍵自転車の鍵置かれゐる靴箱のうへ青ガラス皿

あたらしき息子の部屋の筋向かひ六角出窓に灰猫がゐる

応接間は絨毯おもく湿りゐて足音のなく大家さん来ぬ

漆黒の書棚に同居する小芥子（こけし）、島崎藤村、窪田空穂

カルピスをはんぶん残し子は発ちぬ　あをき水玉模様の春

雲照りて会場前に写真撮るあまた母たち、その愛子(まなご)たち

十八歳黒の流行(はやり)の細身なるスーツに立てば影鮮けし

精霊のやうなる雪の山山に囲まれて子は四春を暮らす

あんず咲くひなたの小道くだりつつゆつくり忘る母なりしこと

ホームには離れぬ三つの木のベンチ上諏訪の駅〈あづさ〉に過ぐる

ただ一度手紙書きけり亡き友の両親の住む甲府市宝

長く忘れ生きて来しかな　三十四歳に逝きし友、その若き口癖

なづな、雨、うし子　まるきりへんてこな名にもう一度生きてもみたし

春

ドロップは色とりどりに凸（でこ）ありて小さき天使のゆたんぽなるよ

風とほる庭の西隅かたまりて草苺、ミント、ねむる老犬

ひとしきり籤引きをせる春の子の飽きしかあかいもくれんの花

裏庭にあんずの咲かば梅や桃や違へてひとの問はむ三月

絵本読む声えいゐんに少年のころ「ボクノカケラヲサガシテル」

うすべにの花びらざうり履きてもどれ　なゐに逝きたる子らよ春なり

さはさは

夏は来て金魚のやうにさみしげにつつきあつてる帰り道の子ら

足踏(あしぶ)み皆で喇叭を吹いてゐる躑躅(つつじ)はどくろをたぶんかくして

「町に出てみどりのずぼん買ひました」挿絵のをどる息子の便り

真緑のずぼんをはいてサーカスの親方になる子の夢を見き

きんいろの藁積むやうなエニシダの木のかげ夫は犬にもの言ふ

連れ立ちて恐水病予防注射へと犬は手ぶらでわれ日傘持ち

測量する伊能忠敬　尾を撥ねて石の河岸を歩く古鴉

ヲナモミの遠旅（とほたび）のよき乗りものとさはさは揺るる犬の尻尾は

「また逢はう」電話のをはり子のこゑは遥かな旅の仲間のごとし

露草

「弟はとほきにありておもふもの」唱へつつ階下り来るむすめ

渡独する娘はトランクの底に置く小西甚一『古文研究法』

奇術師の巡業のごと娘発つ馬鹿でかき赤きトランク連れて

細き肩に9kgリュック背負ふ子の母よりも父よりも黒髪短し

飛行機へ楽器を運ぶ一団のハキリアリほど若く揺れつつ

洞窟のやうにさむざむしき風が　関空スタバ横祈祷室あり

たつたひとりで旅立つ娘ひんやりと露草色のパーカを羽織る

搭乗口過ぎてむすめの短靴の金の銀の足音に交じる

木椅子

かたき蓋ひらけばぱつと飛び散りて天の画鋲の秋鳥の群れ

折りたたみ木椅子をさげて庭に出てときをり雲や木に見てもらふ

見つめればかならず欠伸する犬は照れ屋なのかな息子のやうに

さびしい？と風に問はるるゆふまぐれきれいに閉ぢてわれはゐるのに

ワイシャツの衿ととのへて袖のべて善き人間のかたちにて干す

草取りとアイロンがけは似通へりとほきさみしき平原をゆく

左手に右手をかさね小さき鉄のアイロンかくるピカソの女

小津映画思ひ浮べて「お茶はひりました」と夫に言つてみました

擬音

模型屋の機関車カーヴを曲るたび駅舎出で吠ゆからくりの犬

老チャリダー伊藤礼　整の息子にて自転車ぎこぎこ擬音でこぐよ

裏町の灰壁に立てかけられた自転車のああぁやさぐれてをり

此処でないどこかへ行かむ金盥かむりて小さくちひさくなつて

長い脚をきゆうくつさうに折りたたむ休学息子といふナナフシの虫

けふもまた庭で体操　ゆんゆんとのそん息子の夏終はりゆく

母さんと呼ばれてまめに返事して来たことすこし後悔もする

郵便局のいうびん袋おほきくて心なづめるひとは飛び込む

裾広のズボンをはきてエキストラ息子が歩く昭和町筋

アロどのと子へ書く手紙過剰なりかの子がタロに書きし文ほど

消印のなきままとほく旅したる切手のやうにさみしいわたし

さらん

帽かむりいづこへゆかむ飛ばされて帽ゆくところ心つきゆく

旅に出る息子に何も諭すこと持たねば土耳古(トルコ)、回回教(フイフイけう)をしふ

屋根のなき舟にて渡るメコン川　茫と光りて子はさかひ越ゆ

岸に立ちて息子の撮りし浮舟に分銅のごと影八つ乗る

女男(めを)分かたぬ人影乗せて川舟の国の名より離(か)れ国の名に入る

いちにんは物食みてをり国境を渡れる舟の影に見入りつ

八月の雲をうつせるみづのいろ　さらんさらんと音たつるなり

二十二歳の夏を放浪せる息子「下宿に着けり」「よくぞごぶじで」

要するにくらうせむため旅に出でつ苦労を除き育てしむすこ

地図上に置かれし時へ逢ひにゆく息子の旅をたどるゆふべは

サフランボルは薄紫の町ならむ　ちひさき犬の墓もむらさき

白墨

〈e〉のあるAnne そのやうにおしまひに〈ィ〉を持てりけりわが犬ジムシィ

牛乳にひたせるパンに口開けず老犬は白く鼻の濡れたり

朝霧をさいごに見たる老い犬の目のあどけなくあをく見ひらく

小さな溝を跳び越ゆるさへ怖がりしジムシィ立派にひとりで死にぬ

もつと遠くへおまへと一緒に行けばよかつた光流れるやうな川へも

土を踏む彼の足音ひつそりとただ気配のやうな音なりしこと

犬の骨紅茶の缶に拾ひつつ香に酔はぬかと夫は案ずる

ふらんすは知らないけれど赤き実の仏蘭西ひひらぎ植ゑて墓とす

白墨のやうなちひさな犬のほね齧りて夫のころしはがれる

「庭がしよげてゐる」夫が言ひて実のひとつなき冬の庭ほんたうに寒い

ジムシィはゐなくなつたよきのふ舐めたパンのかけらが雪のやうに残る

梟

葛原妙子みみづく飼ひて汲汲（きふきふ）と鼠をもとむ丸呑みさするため

名を呼べば「ボオウ」と答ふるみみづくの鷹揚(おうやう)を愛でつ林芙美子は

木の葉づく布団のうへにあふむけに眠らせてさびし淋し川端

木菟（づく）の眼なる川端康成みみづくを愛玩物とて芙美子に飼はす

鉤爪は手紙を運びまた破らむ白ふくろふの人に飼はれて

同化せぬものは吐き出す　野ねずみの小鳥の毛骨ふくろふになれず

檻のまへ十九歳(じふく)のわれの飽かず見き梟首(けうしゅ)くわいてんしわれを向く

落し罠

ああとうにわすれてたのにうつそりとあるあさ鬱の双子きてゐた

側溝を埋めてあをき露草のきれいな落し罠といふあり

ひよこ、和紙、糸巻き会社など訪うてまだおはなしを生きてゐる子は

生涯のしごとといふを二十三歳のむすこがさがす黒い靴履き

午を寝てまぶたも腕もなくしたり秋のあけびの実が垂れ下がる

死にとほくリズムをとつて枝にゆれるおしりの赤い猿とわれらと

かめれおんみたいにからだの色ぜんぶ変はるみたいに怒つてみたい

袢の似合ひさうなり文鳥のつがひにあらず男ともだち

青雨

長財布もたないわたしぱたぱたと本、ふうりん草、青糸買ひて

バスにひらく手帳弥生のひかり満ちペン先の影押して文字書く

子の部屋の鍵探しゐる驟雨なり高速道路も園林も消ゆ

四階に暮らす息子の青雨のしづくをたどりたどり階ゆく

紅茶色の傘たてかくる隣室の幽霊(いうれい)　美人と告ぐる息子は

マンションの狭き玄関甲虫の背のつやつやと黒き子の靴

夜の子の小鳥を探すゆびさきはとてもしづかに過去をずらして

ひと晩でしぼんでしまつた水風船　あの横顔をまだ子の見する

遠野

なつかしい人と小犬とスケートに下りて来さうな霜月の空

窓の外を少年と犬駈けゆきて　ときをり過去が交じるこの世よ

茶と白の模様を見まがふはずなくて死にし犬なり遠野にあそぶ

「晩(おそ)いからもうおかへり」と夢に言へばをのこ茶色の犬と消えたり

ii

煉瓦

石塀の菱形（ひしなり）の穴穴に見え談笑しつつ過ぐる人びと

うちがはの昔を見てむ　埋むるごと父はまなこをぎゆうと閉ぢて

七重八重父は誦すべし山吹の若枝かかへ訪ふ春の家

はじめての枇杷水蜜桃このとしもちちははと食ぶ古き食卓

母かむるあをい帽子はうちがはに流るるやうに花の描かる

もれいづる誰のくるしみ八月のくらき朝を蟬の声あぐ

雨に濡れあかるきレングワ、濡れずゐる庇の下の煉瓦、見て過ぐ

午下

絵の中に集められたるひとたちの午下　もの語りなど小声にしをり

珈琲はねぢれ注がれ　いくたびのわたくしだらう夏の日裏で

氷噛むおとうとのゐて夏の日は縁うすあをき硝子のうつは

ゴム跳びのあそびの紐のゆるびたり葉月ひぐれのかなかなの声

ああここにゐましたかと笑みかけられてわたしは萩になつてましたか

まだ明るき時間といふをすずろゆく薊の野までゆけるかしら

黒ピアノ

壇上に黒ピアノあり磨かれて椅子、花、奏者、何も映せる

鍵盤へゆびのぶるとき黒蓋(こくがい)に現はるる肌いろ透ける十指

むかうより死者の手が弾く黒黒と磨かれしピアノやぶれて

黒蓋に映れる色なき十本のほそゆびは弾く〈戦争ソナタ〉

プロコフィエフ戦争ソナタ第7番　不安より熱情、驀進へとすすむ

戦争ソナタと名づけられてしこと知らずプロコフィエフ死して六十二年

隣席の紳士は目覚めぴあにすとは吸ひこまれゆく黒蓋の手へ

「求む男子。至難の旅。絶えざる危険。名誉と賞賛。」自衛隊、否、英国南極探検隊員募集

（二十世紀初頭）

キャスターが政治学者がさらさらと〈さきのせんさう〉と言ふに問ふる

薬子

曜日つてきれいな女の子のやうで水や木に逢ひ月とも遊ぶ

春弥生あをぞらコオト着てわれは蛙コオトの姉に会ひます

薬屋の陳列ケース聳ゆとも「せいろぐわんください」われ勇ましかりき

阿蘭陀人の伝へし蛇脳吸毒石(じやなうきふどくせき)〈スランガステーン〉秘むる薬屋

唱歌にてうたひしステンカ・ラージンの何者ぞ舟に立つ影のひと

薬子(くすりこ)は童女にありてすめらきの屠蘇散毒味したてまつりけり

九段坂ももいろ帽の園児らの背丈じゆんなるお散歩がある

電車見に来てゐる園児行儀よく並みて振りたり小旗ほどの手

生きてゐてこののち死ぬるテロリストカートを押して過る写真を

杜

病む父と寄り添ふ母といつのまを遠くふたりに歩み離（か）れてし

新聞を束ぬるもなほ難儀してわれに老いたるちちははのあり

裏屋根のひかるゆふぐれ黒猫のやうなミシンのゐる母の部屋

忘るるを恐るる父の山ほどのメモ誰の手も整理できない

暗くなるまへにかへれと腕時計ばかり見てゐる父はベッドに

背をのばし温きさうめん食ぶる父　煮干しの出汁のにほひ立つなり

介護ベッドにならびて坐りちちとはは〈老いはどこまで〉審査を受くる

転びたる父の頭蓋のX線写真後頭部美しと誉むる母なり

姉とわれ探しさまよふ森や杜、丘や苑　父のやさしき棲み家

灯り

くれよんのちびて巻紙くたびれてわれをり隣りて夫もゐたり

ゆり起してくださいますな朔太郎のやうにわたしは言ふの良人に

古き映画の駒鳥のこゑ聴いてゐる夫の皺入る耳たぶを見つ

外廊下を遠ざかるひとセーターの灯りの下に来るとき朱し

深夜きみが蛇口ひねれば家ぢゆうの水道管のだくんとふるふ

ココアねりて練りて冬夜をやさしきは君のちひさき琺瑯の鍋

こんな冬の日　とほい誰かの想ひ出にわたしは雪を見てるだらうか

鳥籠

ふゆ窓のうちに眠れる父を訪ふ雪のやうなるわれのセーター

鳥籠のかたちのわれのペンダント父は手を伸ぶ陽に触るるごと

電話台に置かれてありぬ蟬のごと黒ずんでちさき父のけしごむ

枕もと輪ゴムにとむるメモ据ゑてねむれり深くふかく老いた父

正座する母の膝うすし水仙の薄あをき葉を束ねたやうに

思ひ出に苺のやうに傷ついて八十歳(はちじふ)の母泣いてゐるなり

なくさぬやう紅色のすず家鍵に歩けば母がちひさく鳴れり

言葉もたぬゆゑそんなにもとほくまで追ひかけてゆくさみしさを犬は

窓下にちひさき犬のあそぶ音石ころ追ひて冬の日の昏れ

ぴあぁ

〈雨〉の中にあめ降りてをりつまらなく窓にながむる留守番の雨

雨にうねる初夏の緑を漕ぎすすむ船なり窓にわが顔小さし

ノート隅まんがに描く自画像の息子ぴああとため息を吐く

〈気のやさしい迷惑かけぬテロリスト〉ニット帽子の息子二十五歳（にじふご）

定年ののちをほがらに生きあそび死んでくれなと生まじめに言ふ

腕時計買へる息子のあたらしき左手首の写メール届く

階段の三角踊り場或る宵はビスケット積み子ら船出せり

座ぶとんを六つならべて奇つ怪な鳥棲む島に遊びし子らは

をどり場の二歩ゆくときを遠き日の草はらなれば風に吹かるる

菫

耳嫌ふひと立ち去りて残さるるみみとパセリとわれ　皿のうへ

年ぢゆう汽車に乗つてたひとはずつとゆつくり年とつたさう町のひとより

〈リリオデンドロン・トゥリピフェラ〉つてユリノキの学名枝の小鳥もはひる

うしなひて来しものとうににほひさへ忘れつ黒葉すみれ　はるのひ

老いしわれ夢に商ふ蓖麻子（ひまし）油や兎のめぐすり棚にならべて

榛色

睫毛ならびて閉ぢられにけり父さんのわれを幾度も迎へくれし目

父の首もとすがりて母の泣きてをり榛色(はしばみ)のスカーフ滲む

愛でたりし珍(めづら)切手を葩(はなびら)のやうに散らせり父の柩に

六年前の葉月の写真　こんなふうに無邪気にわらふひとだつた　父さん

図書館通りよ　遺影を抱く姉が言へば四男坊主父の駈け出す

揺れるからバスにてわれが支へたりしあの父の肩のしろき骨なり

父逝きていとまのひまのわれ眠しあかるきひるもゆふぐれも寝(ぬ)る

咲きながらもうこぼれ散る白萩の忘れつつなほ人のなつかし

父の手に抱き上げられてゆふがたの雲梯に姉とわれと垂れにき

じふぶんに生きたるひとは春逝くと誰の言ひしか忘れ得ずをり

お父さんまたね　わらつてほのほのおしやべりすただそれだけの娘でありし

誰

庭に来しみづいろ小鳥ちひさなる足だけの土踏みて去りたり

日ざかりを柘榴のやうに裂けた口、影に落して犬のゆくなり

校庭の兎小屋まへ赤帽子白帽子すわるを門より眺む

わが小さき息子をらぬか整列がこはくて泣いてゐる子をらぬか

わたくしが言葉に呼べば道の辺のあざみ少女のやうに紅いろ

浴室の鏡が映す円窓のあゐのいろ夏至の夜が来てゐる

マルセイユ石鹸にこすり洗ひするひぢひざ褪せたる木綿のからだ

黄金に石に樹木に変じたる者をり石鹸となりし人らゐし

「はひるだけ鞄につめて」例文は逃るるひとを思はせて苦し

天花粉(てんくわふん)ふれば戻り来　ましろなる首のをさなご或いは遊女(いうぢよ)

春蛇

またけふも羌(きよん)が来てゐる暗くつて何も見えないわれの野原に

雨が降つてゐるかどうかと手をのべてそのまま触るる痩せたる羌に

横向きの顔にちひさき双つ角をのこなり羌わが野に泣けり

冬ひなたハンケチ白く落されて泣いてるひとを見つめるだけの

輪をめぐり真白を落すゆびさきの羽音のやうにまぶしかりきを

澁澤の短き生涯その春の小草のやうに矢川澄子をりぬ

庭石に蛇を見つくる犬の子は荒れ草のやうなこゑに鳴きたり

ほつそりと頭もたげて春蛇の　しく　しししく水路下れる

すずらん灯

すずらん灯しろき通りのうつは屋の店先に父ゐたり外套を着て

夜の色の茶碗みぎりてひだりてへ鳥めづるごと眺めゐる父

中指のゆきだるまほど真つ白な包帯ゆめの父の右手の

もう長く死にてわたしを忘れたる父なり素描のやうなよこがほ

父さんと声に出だせばしばらくを粉雪のなかのわれへ見返る

毛の長き虎斑(とらふ)の猫のすこし離れ父にしたがふ小足(こあし)音なく

父死にてのち消えたりし猫のたま此処にをりけり父を見つけて

アーケード商店街の昼あかく肩先より父ひかりに消ゆる

また逢へるやう　靴屋電気屋ケイトウの花を覚える父の住む町

iii

甃

二〇一四年五月　独逸バンベルク大学院に学ぶ娘を訪ねる

夕窓のひかりに倚りてわれの見る古き塔たつ遠街の写真

紙食ぶる山羊のやうにもうつむきて入国審査をわれは待ちゐし

語尾まろきバイエルン訛り薬屋（アポテーケ）に痃癖（けんびき）くすり買ひくれし子は

子の部屋をゆふぐれ出でて表通りパン屋狐（フクス）の辺にまよひたり

城砦の罅（ひび）を抜けてあをを闇は敵兵のごとく街を浸せり

魔女狩りの古牢の跡を地図は示しひとは記憶に知らずとこたふ

石壁のくぼみに残るぬくもりのヨハネス・ユニウス火刑にて死ぬ

密告者家庭教師のウルゼルと残れり　いつかわれの生きし名

甃(いしみち)に月さす夜の影たちの　横手を打つてをどる猫など

1ターレルの銀貨に看守届けける死のまへの手紙死ののちの世へ

ゆるやかな起伏をもてば石畳わたしをとほき誰かに重ぬ

革紐に戸口へ吊すアパートの鍵ますぐなる音符のかたち

母語を出でて遥けき旅をゆく耳に幾重のこゑを聴くだらう子の

ぐわんぢやうなたいせつの靴　通りから通りへと子は時を踏みつつ

われもなほ旅人なれば雨上がりの石畳ごとんトランク引けり

丘

枕詞のやうに懐かし中山の祖父祖母の家井泉ありき

日本ぢゆうどこへも出かけ下宿にも祖父は来たりき国鉄職員なりし

らうがんのための小窓はぼんやりと曇つて祖父のめがね栗色

祖父が打つ碁石の音のおはなしのハシバミの鞭撓るを思ひし

歩くより安しと自転車乗る祖父の古背広の肩角張りし肩

神苑の夏をめぐりて雨上がりからつぽだつた草号の厩舎(こや)

べつべつの日のできごとを招(よ)びて母はあの晩夏(おそなつ)のひと日を語る

丘のやうにとほくてさみし歳月を祖父は死にゐて生きてゐるかな

屋根の上

もう忙しい大人ぢやなくて君はけふ屋根に上りて赤ペンキ塗る

屋根に立つ君樟(くす)ほどに背の高く開拓者の次男の風情なり

鉄梯子のぼれば丘の試験農場小道をゆける帽の人見ゆ

トム・ソーヤーも君も鼻歌ペンキ塗りまこと愉快とみゆるけれども

赤ペンキとろとろぽとと塗りたしや小石、物干し、あまがへる、夢

十二歳のあの夏の日に死んだきりの祖母なり五十年後の夢に来つ

うつくしき色模様なる古小布(ふるこぎれ)、りぼんのたぐひ祖母の抽斗

切りとりてちさき財布に縫ひましよかハカリとひらく雛の口金

梢には古き魔術の灰緑の煙こごれり　空（から）の鳥の巣

われの名を呼ぶ鼻ごゑは祖母のこゑ春のミモザの黄（きい）の花なり

屋根の上の人を小犬も見上げをりその肩の上の空のまひろさ

赤屋根と樟の木の家　春雲が小鳥がやがてわれが忘るる

白峯

うづまけり時のまなこは狛犬の尾、木のくるぶしのそのほとりにて

たましひのまはりのあかさ晩秋の御寺を限るぬるでかへるで

形(かた)なくてもとよりこゑはあるものを立て膝になほさうらふ像は

「あ」と声につまづくわれは露深き白峯にいま化鳥と通ふ

林間学校オリエンテーリングの始点なりし七棟門くぐり裏より眺む

秋成の「二世の縁」の鉦の音の『騎士団長殺し』に響けりとはや

四分休符のかたちに鷺のくびからだくねりてやうやう発ちゆく空へ

昼月

あかねさすひるをあふぎて見る母の月なり白くいつも欠けゐて

みづいろの空に埋もるる貨のごとしほのかに母を光らせる月

地神さんの公園の井戸組み石の間(あひ)より澄んだみづ溢れ出づ

おとうとの家まで母は大通り渡りて医院の敷地を抜けて

空足を踏んでしまふと嘆くさへ踊つてばかりとわらふやうに母は

文机の母の地球儀赤文字の褪せつつビルマ、グルジアはあり

犬とわれと郵便屋さんときのふゐし門辺ほつりと白薔薇咲けり

アーネスト館

ひかり透く二月の庭は眉ふとき鶫（つぐみ）降り来て跳ねあるくなり

アーネスト館と呼びし下宿にて命名者菫子さん哲学科五年

フルネームにみづからを呼び大家さんヲヤマダタケヲがブレーカー上ぐ

小山田家鉄扉の檻に立ちゐしはドーベルマン異界の使者のごとくに

真緑のろうるケーキの茶畑を窓より見てたバスの道まで

燥(はしや)ぎたりき文学サークル三人男赤き雲雀(ラーク)煙草を喫ふ暗合に

詩を書きしふたりと書かざるひとりにて広告マン統計家国税局員となる

ライターと煙草を持つてふらり来るあきちやんだつた三十四歳に逝く

8ミリ映画撮るわたしたち美しく砕かむと幾たびグラス落しき

若き日のさみしき朝に月はゐて曇りの昼にきつと日はゐて

ひかる　たすく　動詞の名前持つひとは　ゆづる　あゆむ　さうあらうとすべし

布

国際便に娘へ送る手づくりのマスク〈surgical mask〉と記入す

帽かむりmaskをつけてうかうかと悪党のごと街に出でたり

割烹着にマスク、杉村春子似の小母さんがゐた地蔵餅店

梨食むとはづせるマスク淡いろのちさく湿れる布は羞（やさ）しき

〈認証〉がひつえうとするこの顔のいちばんうへのうすぺらの皮

蜂、蟻、蚊、百足その他の撲滅を〈毒もみ署長〉なればわれらは

マスクつけかほを失くせる人の群れをどる鼠はつぎつぎ海へ

コロナの世に遭うて忠へり絶滅種キクガシラカウモリ、アカガゼル、　ヒト

窓

日昏れバス待ちつつ電話をかけてくるコヒビトのゐぬわたしの息子

高慢でずる賢くていぢわるなトンボソの姫を忘られぬ子よ

柳宗理鉄フライパンひとつにて自炊する子のけふの献立

夢のなか力水ほうれと子に呉れぬ鳥獣戯画の猫背兎の

「君たちクン」小鳥のやうなふたりごをならべ説教せし夏休み

スカイプの小窓にならぶ姉おとうと「母さん」と呼ぶこゑが似てゐる

「問ひかけてこたへを待つてゐないかほ」われをさくさく二人子の言ふ

カーディガンのまへ引き合はす　ふたり子の窓の向かうのべつのあをぞら

蜜柑と正義

「暖な日の色」なりし蜜柑おもふ　空より降れり芥川のいろ

芥川の蜜柑、梶井の檸檬云云（うんうん）　柑橘論議せし黄のくちばしは

投げあげるお手玉ふたつみつ蜜柑五十七歳（ごじふなな）にて祖母は死にたり

粉末のおれんぢジュースいまもわたし甘くさみしいにせものが好き

明治生まれ祖父邦義の名の語る正義は国にありとふ時代

振りかざすつらぬく殉ずる正義とは近いに違ひない、ぼうりよくに

公正で清きわたしのこれは義務　糺さねばひとを抑へ強ひても

過去の廊下に正義が陳列してあると芥川言ひき　遊就館未だ見ず

小路

幾たびもひらく手紙のその文字の消えさうでいつかなくなりさうで

「灰は火のあつた証拠」父の死へ娘の書きくれしディキンソンの詩

流れ凄きレグニッツ川初夏の日を飽かず眺めてゐたりしむすめ

小路にて井上製鯉商会の看板は見ゆわが育ちし町

誰かの役に立ちたき願ひ　をさなくて罐切りつかふれんしふをしき

罐のふちに刃金を咬ませ蝶型のねぢ回す　さう、苦役のかたち

咲ききつて花弁を垂るるるちゆうりつぷ怖いと泣いたわたしのこゑは

つま立ちて見てゐる夢の父のゆび袖の時計のりゆうづまはせり

本を読み居眠りをしてあの秋をただ父のそばゐればよかつた

地の名

オスローのひかり乏しき窓に置くパン屑と豆　むすめは鳥へ

憧れはハドスン夫人ベーカー街221B探偵と棲む

光市千坊台遊ぶひかりの子ら愛でて住みやならへる言葉のひとは

池戸（いけのべ）を〈生キ延ブ〉と読み村びとの耐へけむむかし踏みて歩くも

土地の名は記憶　世界を降り積る　ベルゲンベルゼン　コソボ　閖上…

かほ

理(ことわり)算鈴懸(すずかけ)算はた臈(らう)たし算罔つ引き算　ものおもふ春

静物にもどりて憩ふ白首輪、緑のかほの鴨　棚のうへ

夫とわれとピンポンをする真ん中で子らの顔左右(さう)左右左右振れつ

まるがほが誰だれあなた何なにといつせいに来る向日葵ばたけ

白手曲げ尻尾たたんで顔溶かし張出し窓にねこがねてゐる

珈琲豆挽きつつ思ふ誰かれのどうでもいいやもうゆふがほのほか

六十年経つてもいつかうお馬鹿さんじぶんの涙で溺れるアリス

楽しかつた？わたしへ問へばまあねつて含みわらひのこゑが答へる

雨漏り

雨漏りは母の住処を濡らしたりいつよりや淡く蕗の葉のほど

あとどのくらゐ住めるかなんて泣いてゐる母よひとまづ屋根を直さう

鰡背なりし昔馴染みの大工さん徒歩にて来たり眼を悪くして

手際よく検分差配してくれぬ「わしができたらええんやがなう」

毎日一度見に来るからと鳥打帽の長き背ちぢめ母に笑へり

えびすがほ塩辛声の瓦屋さん四代目跡継ぎ息子を語る

お父さん九十一歳かね、生きてゐたら　棟梁が言ひ父が顔出だす

眠り

真っ黒な傭兵のごと姿見は佇ちをり夜の森なる寝部屋

寝台に身を横たへきをみなにて百年をじつと待つつもりにて

いつしゆんを光あふるる真夜中の窓　うちうより岩樟船来（いはくすぶねく）

身をかへし身を返しして眠られぬ夜ぞ変はり身を遂ぐらむひとは

葡萄(えび)色のダマスク織のカーテンのをぐらき部屋にまなこ目覚めぬ

グレゴールむざむざ死にていもうとは若き伸びをす少し泣きしあと

眠りゐしあひだは断じて勘定に入れないわたしのまま生き直す

砂色魔犬

夫と犬とわたしの散歩　をとこまへのどんぐり拾ふあひだ待つてて

吠えやすき白歯の犬の坐す小道近づけば泥(なづ)むわれらの歩み

突風のいつしゅんを掻き消えぬべし砂色(すないろ)魔犬(まけん)くさり残して

渡り廊下すのこかたんと音たてて女生徒とほる女兎とほる

校庭の南端ならんでゐたぽぷら見てたね小さなもうゐないわたし

木版画抱へてかへる秋の日のみしまゆきをといふ人死にき

下校時をしらせて〈金婚式〉流るえいゑんの空つぽの渡り廊下

彼方さす君の横がほ肩かひなゆびを辿りてその先を見ず

ふゆ空をどうしても行くといふ君に孔雀の羽根をもたせたいけど

吐く息はすべて言葉に　掠れつつグレタ・トゥーンベリ北風のこゑ

列

また長き列は生まれて祖国より離（か）れゆく黒きりぼんのごとく

スカーフをかぶりて女たち佇てり　絵本の村に　せんさうの街に

つるにようばうに似る物語ウクライナかものむすめは黄の花冠(ヴィノク)せり

かもの群れうすあをの羽根黄(きい)の嘴(はし)「みつけた　わたしたちのむすめを」

鴨たちは唄ふよ「はねを投げてあげよう一緒に飛んでいけるやうに」

なんだつてこんなせんさう　子を率きて瓦礫のあひを白鷺鳥ゆく

黄砂降るまひるの画廊絵のなかの女は歪めるバラライカ抱く

旗

人間を信じぬヒトラー、プーチンの頬よせて抱くおほき犬たち

ウクライナの少女が人形を抱いてゐる金の髪じぶんをいだくやうに

空のいろ小麦畑のいろ　旗は明るくてあかるくて兵士振りやまず

予備自衛官銃剣訓練「刺せば抜く」力の要れば「一気に抜け」と

口真似にバババッと銃の音させて訓練参加者横つ飛び、撃つ

「有事の際、国を支へる力になる」匍匐前進、葉つぱをつけて

予備自衛官訓練実施ゆふがたのニュースかがはに観る　箸並べつつ

すまふ

ジュサブロー人形犬塚信乃である若隆景の面構へよし

名にし負ふ若元春はのどかなる人柄見えて左四つ強し

ウクライナ人の血を引く大鵬の孫なり王鵬、夏を勝ち越す

縁なしの四角眼鏡の地理教師　否　横綱の付き力士なり

寡黙よしされどほのかにユウモアのあるもの言ひも当世力士

ゼミ終へて西陽の下宿立つたまま観てゐき大関貴ノ花の吊り

祖父ゆづりお相撲好きのわたくしは風変はりなる女学生なりき

歌ふ石

海辺にて石をひろへり薄あをの斑(はだ)ら模様のゆふひの色の

砂のうへ中ゆびながき三(み)つ趾(あし)のななつ続きてそこにて消ゆる

あしあとは鎖のやうに揺れながらつづけり砂の時間のなかを

人国（ひとくに）を境ふ標（しめ）かな　草の葉のひかりのごとき趾（あと）を従きゆく

わたくしは毀れたランプのやうな石　君は夏の丘に似た石

うつむきて汀[なぎさ]あるけばうすうすとみづにちかづきすぎたる身冷ゆ

かつて人にありし石なりなめらかな若い踝だけを残して

ふりむけば潮風とほく君はゐていつかひとりの舟でゆくこと

名をよびて安寿のごとく手を振りぬ　小さき菫となりたるあんじゅ

掌に握りしめたる榠樝色の石抛てり光わすれぬために

*

埋めたる犬の骨より生ひて来しふらんすひひらぎ赤き実に満つ

ねむりからゆつくりと覚む　いいえなほ眠りゆくごと赤む柊

ひひらぎの夕蔭に置く海の石ちひさくふゆをうたふ石鳥

あとがき

本書は、わたしの第二歌集です。第一歌集『草色気流』を刊行した二〇一〇年春以降二〇二三年春までの作品から三八一首を選び収めました。振り返れば、十三年の月日が経っていました。配列はおおよそ制作年順です。

「ふらんすひひらぎ」は、わが家の庭に生うる木の名前です。馴染みの園芸屋さんに教わったこの名、図鑑にはどうも見つからないのだけれど……。旧かなに書く響きはいくぶん奇妙で、西洋の古い物語詩の名「とねりこ」や「すいかずら」などのひとつみたいかな、などとたのしく思っています。

背の高い樟（くす）や楓（ふう）の木が見おろす芝生の真ん中に、ずんぐりこんもり茂っています。尖った深緑の葉。冬には夥しく赤い実をつけるけれど、大層渋いらしくて小鳥は食べません。だから冬じゅうとても綺麗。いくつもの冬の、庭を過ぎた時間の、ふしぎな明るさなつかしさをこめて、集名としました。

勇気を出して纏めよと背を押してくださった玉井清弘先生、折々に姉のごとく明るい励ましと得難きアドバイスをくださった糸川雅子さん、ほんとうにありがとうございました。何とかまとめられて、ほっとしています。また、帯文を賜りました内藤明さんはじめ、つねに学びを与えてくださる「音」の諸先輩方、香川支部のみなさんに深く感謝いたします。ずっと迷い子ですみません。

最後になりましたが、出版に際しては短歌研究社の國兼秀二さん、菊池洋美さんに細やかなご配慮をいただきました。装幀はうれしくも花山周子さんにお願いすることができました。ほんとうにお世話になりました。ありがとうございました。

二〇二三年十二月

笠井朱実

著者略歴

1957年　香川県生まれ
2002年　音短歌会入会
2005年　第22回音短歌賞
2010年　第一歌集『草色気流』(砂子屋書房)
　　　　第36回現代歌人集会賞

省検
略印

音叢書

歌集　ふらんすひひらぎ

二〇二四年一月二十八日　印刷発行

定価　本体二六〇〇円（税別）

著者　笠井朱実（かさいあけみ）

郵便番号七六九—二三二一
香川県さぬき市造田宮西三三八—五

発行者　國兼秀二

発行社　短歌研究社

郵便番号一一二—〇〇一三
東京都文京区音羽一—一七—一四　音羽YKビル
電話〇三（三九四四）四八二二・四八三三
振替〇〇一九〇—九—二四三七五番

印刷　KPSプロダクツ
製本　牧製本

ISBN 978-4-86272-758-9 C0092 ¥2600E